봄이 왔다!

정민기 동시집

시인의 말

봄이 꿈틀거리자
제 마음에
포근한 동심이
다시 찾아왔습니다.

2023년 2월
정민기

차례

시인의 말

무지개 1

봄비 그치고
가족 나들이 가서
텐트를 설치했다

꽃밭

대낮에도
꽃잎 형광등에
불이 켜졌다

나비가
불을 끄러
나풀거리는데

끄면 켜고
끄면 켜고

도대체 누가
불을 켜는지

산안개

할머니처럼
비가 잠깐 다녀가고
보따리 속
푸르디푸른 산
싱싱하다

나무

나뭇잎이 그냥
떨어지는 게 아니야

저 봐!
나무가 가위처럼
가지를 벌리고 있잖아

싹둑
싹둑

팔랑
팔랑

벼와 나

벼는 익을수록
고개를 숙이고

나는 인사하면서
고개를 숙인다

개나리꽃

음악 시간에
개나리 가지로
야외 수업 나온
병아리 떼

횃대처럼
개나리 가지 잡고
삐악삐악 삐악삐악
리코더 연주하더니

수업 끝나는
종소리 울리자마자
돌아간 자리 아래
노랑 똥 떨어져 있다

우산

다리가 불편한 친구
책가방을 대신 들어주는
착한 일

비 오는 날
우산이 나 대신
비를 맞아주는
고마운 일

내가 아닌
다른 사람을 위해
나는 조금이나마
불편해도 되는 일

춤

책상에 앉아
공부만 하는 누나는
책상다리

양반처럼
헛기침하는 나는
양반다리

아빠가 앉는 자세라고
동생은 아빠다리

아빠는 결국
앉을 줄 모르고
엉거주춤

개다리
춤

산 그림자

저수지 마음에
산이 들어가 앉아 있다

새소리까지
따라 들어갈 것 같다

실과 바늘

실 선생님의
길고도 긴 말씀을

바늘 학생은
지루해하지 않고 듣는다

햇살 비빔밥

해를 보면
관람 열차처럼
빙글빙글
돌고 있다

엄마, 아빠
어린 시절

도시락 못 싸 온
친구를 위해
같이 비벼 먹었다던

비빔밥처럼
비벼지는 햇살

피노키오

나무가
거짓말을 할 때마다

바람이 가지를
하나씩 꺾어가고

나뭇가지 하나만 남았는데
나무가 또 거짓말을 한다

이번에는 가지를 꺾지 않는다
그것마저 꺾어버리면

너는 더 이상
피노키오가 아닌걸!

짜장면

화장대에 앉아
엄마 립스틱을
몰래 입가에
덕지덕지 바른 날

혼나고 나서
엄마랑 짜장면 먹으러
중국집에 갔는데

그새를 못 참고
덕지덕지 바른다
립스틱 자국 묻은 듯
닦아주는 엄마

다 잊었는지
입가에 덕지덕지 피어난
알록달록 웃음꽃

내 이름은 기린이야

공룡 그림책을 보다가
처음 동물원에 간 아이,

갑자기 소리친다
"와! 공룡이다 "

민들레 1

노랗게 염색한
우리 엄마

하얀 생머리의
옆집 할머니

담장에 기대어
햇볕을 쬐며 앉아 있다

학교에 간 피노키오

학교에 가서
음악 수업에 들어간
피노키오

리코더를 부는 시간,

얘, 얘
코가 입이니?

그런데 리코더를
들고만 있었던 피노키오

코가 긴 것도 슬픈데
입까지 길 수는 없다고

매미

"아~ 아~ 어제 오후! 미끄럼틀에
허물 벗어 놓고 간 매미 있으면
지금 바로 교장실로 오시길 바랍니다"

어제 미끄럼틀에 윗옷을 벗어 놓고
놀다가 깜빡 잊고 안 가져간 기억이 난다

교장실에 가니
"허물 가지고 맴맴 울면서
교실로 가도록!"

교장 선생님의 웃음 섞인 목소리
초콜릿 섞인 우유처럼 달콤하다

놀자!

우리 엄마 아빠
어렸을 적
노는 것부터 배웠다는데

엄마는 자꾸
숙제부터 하고
밖에 나가 놀라고 한다

철수야, 놀자!
영희야, 놀자!
바둑이도 놀자!

철수와 영희는
흔하디흔한
사람 이름이고

바둑이도 동네에
흔하게 돌아다니는
개 이름이다

달팽이

비가 많이 오는 날
아파트 앞에 잠시 나갔는데
달팽이 한 마리 기어간다

너도 위성 방송 안 나와서
안테나를 돌리고 있니?
우리도 안 나와서
아빠가 안테나 돌리면서
엄마한테 고래고래 고함지르는데

"잘 나와? 잘 나오냐고?"

갑자기 달팽이가 더듬이를 쫑긋 세운다
삐리삐리~
지구에 이상한 놈이 있다
오버

임금님 귀는 당나귀 귀

임금님표 이천 쌀로 밥을 지어
아빠 앞에 밥상을 놓는 엄마,
우리 집 기둥이라고 깍듯이 대접한다

나한테는 먹으면 죽는다고
절대 먹지 말라 하시더니
아빠 간식으로 내놓은 함양 곶감

나는 아빠에게 귓속말로
"엄마가 나한테는
곶감 먹으면 죽는다고 했는데
아빠한테 주는 이유가 뭘까?"

임금님 밥상에 올렸다는 어수리,
조물조물 무친 나물도
돼지고기 수육을 올릴 쌈도
아빠 밥상에만 보란 듯이 올라가 있다

몸이 지칠 대로 지친 밤에
나한테는 우유랑 과일 몇 조각

접시에 달랑 주고 간 엄마

쌍화탕을 끓여
아빠랑 둘이서 호호 마시고 있다
공부하느라 지친 나도
당연히 피로 해소해야 하는데

미술 시간
우리 가족 그리는 날
아빠 귀를 당나귀 귀처럼 크게 그렸다

햇살 샤워

더운 여름날
나무 그늘에 앉아 있던
우리 할머니

누군가 틀어 놓고
깜빡 잠그지 않은
햇살 샤워기

햇볕도 쬐어야 한다고
그늘 밖으로 나간다

청개구리

밥 먹으라고 했는데
편의점 가서 삼각김밥 먹었어

숙제하고 나가서 놀라고 했는데
실컷 놀다 와서 숙제했어

횡단보도에서 오른손 들고
천천히 걸어가라고 했는데

앞다리 쭉 들고
뒷다리 쫙 펴고

팔짝팔짝 뛰어갔어

아빠가 도라지꽃을 따 온 이유

보랏빛 우윳빛 두 가지 색으로
도라지꽃이 피어나는 여름

아빠가 도라지꽃을
바구니 한가득 따 오셨습니다
주방 싱크대에 올려놓으시고
욕실에 들어가신 아빠,

나는 예쁜 도라지꽃이 담긴 바구니를
엄마 화장대에 올려놓고 나왔다

엄마는 화장대에 놓인 도라지꽃을 보시더니
"나 참! 어이가 없네
비빔밥 만들 도라지꽃을 왜 화장대에 · · · · · · "

깍두기

엄마가 깍두기를 담가요
복날에 삼계탕이랑 먹을 거예요

여름 방학 국어 숙제로 내준
십자말풀이를 하고 있어요

깍두기로 모르는 빈칸을
막아버리고 삼계탕을 먹어요

저도 닭처럼 영계*인가 봐요

* 영계 : 병아리보다는 조금 큰 어린 닭 또는 나이가
  비교적 어린 다른 성별의 사람을 속되게 이르는 말.

노랑나비

하품하면서
향기를 내뿜는
꽃잎 의자에 앉아
햇살 실 뽑아서
나풀나풀 졸기도 하며
나들이옷을 짓는다

주말 전쟁

참외를 들고 밖으로 나가려는데
현관문 앞에서 엄마가
떡하니 버티고 서 있어요
바나나를 들고 "럭비공 놔!"
마지못해 참외를 놓는 척하다가
수박화채를 드시는 아빠
앞에 놓인 철모를 머리에 썼어요
총알은 다행히 뚫지를 못했지만
해처럼 햇살 파편이 튕겨 나가네요
다시 참외를 들고 나가려는데
엄마가 오이를 들고 뒤통수를 때려요
"각목 맛이 어때?"
오히려 오이가 두 동강 났어요
"아이고, 허리야! 비가 오려나"
우리 할머니가 나오시네요
이 순간 잽싸게 뛰어나왔어요

쿠키

달마티안 한 마리가
버려진 쿠키를
가만히 서서 내려다본다
얼룩무늬가 있어서
강아지 닮았는지
한참을 쪼그리고 앉아
지켜보고 있다

껌딱지

딱지치기하면
잘 따먹지 못하는 민기가
복도에 말라붙은
껌딱지를 떼고 있습니다
친구들은 하나 땄다고
척! 엄지를 치켜세웁니다

봉숭아 씨앗 주머니 터뜨린 날

바람이
툭, 쳐봤자

빗방울이
툭, 쳐봤자

모래 가득 찬
샌드백 아니다

주머니 찍 찢어지자

투두둑
투두둑

몰래 수박 먹고
씨 뱉는 소리

똥

화장지가 없다
지금 오고 있다니까
항문 닫고 있어라

무지개 2

세상에서 가장 큰
밥상보

지구 사람들을
기다란 젓가락으로 들어 올리더니
야금야금 오도독오도독
까만 국수도 흘리지 않고
후루룩후루룩
배가 불러서 다 먹지 못하고
밥상보로 덮어 놓았다

지팡이

우산대가
우산살 없이
지구 옆구리를
쿡쿡 찌르며
꼬드기고 있다
지구야, 제발
우산살 좀 찾아줘

오이

버스로 한 시간 거리에 사는
친척 집에 오이 얻으러 가는 길

엄마는 자꾸 잊어먹는 나에게
숫자 카드 두 개를 주었다
'5' 하고 '2' 그러니까 오이다

친척 집 바로 앞에 도착하자
무얼 얻으러 왔는지
한참을 생각하다가 숫자 카드를 보았다

아하!
나는 이모한테
"이모, 이오 얻으러 왔어요 "

콩나물국

음표 같다

내 입속 어딘가에

오선지가 있나 보다

흥얼흥얼

노래가 절로 나온다

급식실에서

넘어졌다
들고 있던 식판이
날아가
어이구머니!
엎어졌다
숟가락과 젓가락이
뿔뿔이 흩어져
이산가족이 되었다
친구들이
만남을 이루어준다
역사책에 실리고도
남을 일이다

벼

학교 갔다 돌아오는 길
가을 들녘 논 가장자리에 서 계시는
허리 굽은 할머니

먼저 인사하시는 것 같아
죄송해져서 허리 숙여
"할머니, 안녕하세요?"
인사드리고 오며 돌아다보니

그리운 손자라도 만난 듯
한없이 손 흔들고 계셨다

민들레 2

개미네 동네에
가로등이 들어섰어요
줄줄이 늘어서 있는
가로등에서
귤색 불빛이 새어 나와요
아기 개미 저녁 늦게
심부름 다녀와도
하나도 무섭지 않아요
개미네 집 밖에
가로등이 경비를 서다가
꾸벅꾸벅 졸고 있자
바람이 살금살금 다가와
머리를 마구 흔들어요
"어서 일어나란 말이야!"
화들짝 놀라 일어나더니
불빛 번쩍 치켜들어요

합체 로봇

선생님께서는
우리 셋을 볼 때마다
로봇이라고 하신다

셋이 같이 다니니
합체 로봇이라고 하셨다

하굣길에
근처 중학교 형들을 만났다

우리는 하나가 가만히 서 있고
하나는 그 뒤에 서서 양팔을 벌리고

남은 하나는 가만히 서 있는
친구 앞에 벌러덩 누워
온 힘을 다해 발차기하고 있다

나중에 우리 둘은
발차기했던 친구에게

"야! 너 그게 발차기였냐?
우리는 발버둥 치는 줄 알았다 "

지렁이

누가 국수를 흘렸을까

꿈틀꿈틀
꼼지락꼼지락

개미가 흘렸나 보다

질질 끌고 가는 걸 보면

물구나무

운동장 가에
나무 한 그루 심었습니다

나뭇가지 두 개가
바람에 이리저리 흔들립니다

쓰러지고 나면 더는
나무가 아니지만 아직 나무입니다

교과서가 필요 없는 시간

내가 가장 좋아하는 시간

쉬는 시간
점심시간

교과서가 필요 없는 시간

분식집에서

모처럼 용돈으로
할머니랑 분식 먹으려고
분식집에 갔다

할머니는
세로로 된 메뉴판을
가로로 보았다

모 튀
듬 김
튀 우
김 동

한참 동안
고민하던 할머니
'모튀'랑 '튀우'를 주문한다

지네 발 승부차기

승부가 나지 않아서
상대편 골키퍼 한 녀석 세워놓고
차례대로 공을 찬다

헛발질
또 헛발질
또 또 헛발질
계속 헛발질

마지막 선수 오른발에
제대로 맞은 축구공

허공에 붕 떠올라
골대 안으로 들어간다

골인!

헛발질한 발들이
동시에 꿈틀거리고 있다

투투데이

투투데이에 남자아이가
자기는
배를 누르면 소리 나는 인형이라고 한다

여자아이가 남자아이의 배를 누르자
기다렸다는 듯
"아이 러브 유!
사귄 지 22일째 되는 날을 축하합니다"

여자아이가 너무 재미있어서
한 번 더 아이의 배를 누른다

"일회용입니다 "

도토리

헬멧을 쓰고 있다

떨어질 때
머리 다칠까 봐서

비

구름을 펼쳐놓고
들깨를 터나 보다

후두두 후드득
후두두 후드득

들깨를 떨어내어서
들기름 짜러 가자

호주머니

여름에는
텅 비어 있던
호주머니가

겨울만 되면
주먹 알사탕을
오물거리고 있습니다

마트에 바다가 있다

방학하면 겨울 바다 한번 가자는
아빠의 말에
추운데 바다까지 뭐 하러 가?

꽃게랑 새우깡 고래밥 새우탕 구운새우
오징어가 들어가지 않는 오징어집
알새우칩 오징어땅콩
아빠가 그렇게 좋아하는 자갈치 아지매도 있고

내 말에 아빠는 엄마 눈치를 보고
엄마는 모르는 척!

아빠는 마트가 바다냐고
엉덩이까지 들썩거리며 야단이고,
나는 하늘만 봐도 바다처럼 푸르다고
구름이 파도처럼 보이지 않냐고,

엄마는 콩나물이나 사 오라면서
애꿏은 나만 심부름을 보낸다

주사위 놀이

동생과
주사위 놀이를 하는데
갑자기 밖으로 나갔다 들어오는
동생이 앞에 놓은 것은
무당벌레

동생한테 내가 졌다!

마네킹

가을에
허수아비 누더기
그렇게 안 팔리더니

겨울에
눈사람 옷
금방 팔렸나 보다

퍼즐 맞추기

보도블록 위에
떨어진 낙엽을 내려다보는
가로수 한 그루

한 칸만 비어 있어
바람이 불어와
나뭇가지 팔을 흔들어 줘야 하는데

봄이 왔다!

봄이 왔다!
칙칙폭폭 기차를 타고 왔다

일등칸에는 봄바람이
공장 굴뚝 한 개비,
검지와 중지 사이에 끼우고
아지랑이를 날리고 있다

이등칸에는 진달래와 개나리가
봄비를 틀어놓고
향기를 질질 흘리며 자고 있다

조금 전 기차 차창 밖으로
꽃샘추위가 스쳐 지나갔다

삼등칸에서 냉이와 달래가
늘어지게 하품하며
기지개를 쫙 켜고 있는데

영화관에 가고 싶은 벚꽃이

팝콘처럼 피어 올라탔다

아이스크림

아이스크림은
알라딘의 양탄자처럼
콘 과자를 타고 날아다닌다

군침 흘리던 혓바닥이
날름거리는 순간

입과 입 사이를 이리저리
잘도 피하는가 싶더니
달콤한 맛을 안겨주고 녹는다

새싹

포근한 봄이 오자
그동안 얼었던 몸을 풀려고
들판에 나가 PT 체조한다

같은 동네 친구가 보고
"PT 체조의 PT가 뭔 줄 아니?"
모른다고 고개를 가로젓자

"이건 나만 아는 비밀인데,
바로 팬티야! 팬티 체조"

새싹들이 팬티 한 벌 입고
열심히 PT 체조하고 있다

봄이 왔다!

발   행 | 2023년 2월 15일
저   자 | 정민기
펴낸이 | 한건희
펴낸곳 | 주식회사 부크크
출판사등록 | 2014.07.15. (제2014-16호)
주   소 | 서울 금천구 가산디지털1로 119, SK트윈타워 A동 305호
전   화 | 1670 - 8316
이메일 | info@bookk.co.kr

ISBN | 979-11-410-1615-9